注★奇比Galaxian：記得是漫畫《聖鬥士星矢》裡出現的一招必殺技吧。（Galaxian Explosion）

注★「Galaxian Explosion」的「sion」，代換成「JOHN」，也就聯想到「約翰萬次郎」來稱呼。

✿ 前 言 ✿

好久不見!

☆ 我是奇比銀河的爆發。

因為太久沒打招呼,就怕有人會說:「咦?奇比是什麼的簡稱啊?是指萬次郎 EX 嗎?」所以有個正式名稱,那就是 奇比小語 。這次是精華版,但也有新作登場喔!希望帶給大家更多歡樂。

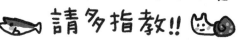

請多指教!! Bon.

長毛象絕種了。
心想明天再做也行，
但明天不見得能做。

所以，要做就要趁現在。

不是我
「不行」,

是我不想。

注★原文的「むり」（不行）和「ぶり」（鰤魚）取其諧音。

等等‼
別急著放棄!
你又流口水了,是吧?
再試著努力一下吧!
握拳‼

總是在人家背後
指指點點的傢伙，
始終只能站在別人身後。

重新修復是機器人的強項，
就算失敗，也不放棄的強項。
反正一定有需要你的地方♪

過去的就讓它過去，
沒必要留戀。

這世上一定有你的
容身之處。

注★泳技一流的河童卻沒發揮泳技，而是隨水漂流。隨水漂流是任誰都會做的事，亦即沒發揮自身
　　長才是多麼可惜的事；但也不必悲觀，世上一定有需要你的地方（人）。

注★這隻躲在樹蔭下偷窺的動物叫鬣狗（土狼），牠正等待別的動物飽餐一頓後，看看有沒有剩下的
可撿食；沒想到還真的留下好吃的，所以鬣狗帶著忐忑又感激的心情，默默感謝對方。

陪在你身邊。

注★原文「そば」（蕎麦麵）音同「側」（身邊）。

憧憬是一種由下方仰望，
比起從高處俯瞰
更美好的事。

我們不是餌，
我們可是
　　拚命活著!!

羞恥沒什麼大不了。
覺得丟臉也是

一種自尊心的表現。

送你一束花♪

注★原文「ぞうてい」（贈呈）取「ぞう」（象）的諧音。

「也許不行吧」和「也許可以吧」，既然都有「也許」，那就放手一試吧！

注★原文「かも」（也許）是取「カモ」（鴨子）的諧音。

明明要是對著紅蘿蔔，
就可以大聲說：
「我真的好喜歡你！」

樹懶的名言：
「別太勉強自己喔！」

只有你才弄得
出來的味道。

起跑點是自己定的，
所以隨時隨地都可以
重新開始，開始屬於
自己的競賽。

好吧。我要說了。
我可是在別人看不到的
地方，默默努力呢！

覺得迷惘、困惑也沒關係啊！每個人的人生都是從零開始。

別焦慮，沒事的。

注★剛冒出頭的筍子不要急，總有一天會和旁邊的竹子一樣又直又高。

神啊,求求祢。
讓那女孩得到
幸福吧。
我會暫時
戒掉竹葉。
PS.
我的肚子好餓,
拜託快一點。

注★原文「ササ断ち」是指為了許願,而暫時或永遠戒掉什麼東西,譬如戒酒之類的。
這裡的「ササ」是取竹葉的諧音。

面罩哈密瓜。

你要保存到什麼時候?
不想改變
又是為了什麼?

既然叫我保管，
就別放在我面前啊！
這樣我很難克制捏。

讓我來安慰你吧。
鼓勵一下嚎啕大哭
的你。

別忘了
夢想和手帕啊!

這次搆不著就算了。
告訴自己，
　下次多努力一點。

卯起來拚了。

難免有做不好的時候啊!
但因為真心喜歡,

再試著努力吧。

「你看到什麼？」
「什麼也沒看到。」
「可是很有趣吧。」
「嗯，很有趣。」

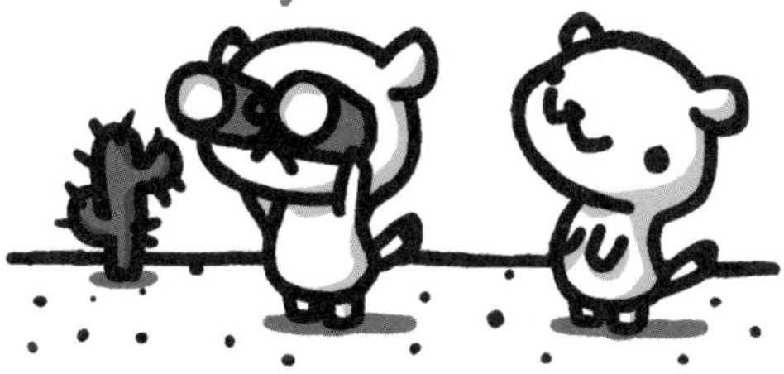

顏色不一樣的兩個人，
卻成了好朋友。
就是因為不一樣，
才會成為好朋友。

要是走回頭路，很對不起
自己，對不起一直努力活
著，那個過往的自己。

下次吧。那是什麼時候？
不曉得明天天氣如何的
我，必須馬上開始做些
　　　　什麼才行。

別偽裝自己！

可以讓位,但不能讓出
夢想!說什麼不是自己
來做也沒差,別自欺
欺人了!

小碗麵。

注★原文「わんこそば」是小碗蕎麥麵與狗狗日文叫做「わんこ」，取其諧音以狗狗來表現小碗麵。

不是想著比誰搶先一步，
而是想著比現在搶先
一步，想著超越自己。

明天也會開花，
所以一定沒問題啦！

猴子摔下來。
墜入情網。

注★原文這兩句的「落ちる」是取摔落、墜入、跌入的諧音。

想見你的時候,該如何是好?
雖然對你來說,我是那麼
微不足道……。想哭的時候,
該如何是好?我只會說「喵」。

試著安慰自己說:「放心!
沒事的。」面對痛苦悲傷
的日子,試著告訴自己
說:「放心!沒事的。」

有所覺悟吧！

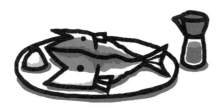

注★日本人炸竹筴魚時，一般都會將魚片攤開處理，所以「覺悟」就是取攤開這詞的日文諧音。

啊啊啊～那時候
真好啊！懷念過往
的同時,也想誇讚
現在的自己。

好餓喔!

注★這幅圖的原文「ハングリー」,是英文hugry的片假名拼音。「ハン」有一半的
意思,「クリ」是栗子,圖以半個栗子來呈現。

爬上去是為了滑下來。
最高的地方不是我們的
目標,而是享受樂趣的
起點。

必須快點
去一趟才行！

黏TT！

要是害怕崩塌，
就無法享受樂趣了。

別偷懶！

注★アライグマ（浣熊），應該是拚命洗東西的牠，居然偷懶用洗衣機洗！這幅插圖想要表達：「別偷懶！勤快點！」

別耶笑別人的努力，
這是基本禮貌。

成功不是享有多少
財富與名聲，
而是每天踏實活著這件事。

by 凱瑟琳

哈密瓜版
卡麥蓉

注★女星卡麥蓉・狄亞的名字Cameron，而「meron」的發音類似哈密瓜。
　　因此有了這個「哈密瓜版卡麥蓉」。

被丟棄的悲傷，
要丟在哪裡比較好呢？

回憶美好卻沉重。
請大家小心，
別被回憶壓垮喔！

海獺的三原則
- ◎ 努力做
- ◎ 盡力做
- ◎ 不怕失敗

有事好商量！

當我還是青蛙蛋時，
一心想長成大青蛙。
可是好像對改變後的
自己，有點失望啊！

我知道。
而且知道很多。

知道你有多好。

那天的熱情
並未冷卻。

我喜歡雨天。
但大家都說雨天就是
天氣不好,「不好」是指
　　　　什麼事呢?

小心啊！

天使與魔鬼很要好，
他們住在同一個地方。

累積很多最喜歡，
就能發現最重要的東西。

現在身處的地方，不是
你該待的地方。你應
該去你想去的地方，才
是你該待的地方。

豬戴珍珠又何妨？
勇於嘗試總比什麼
都不敢試來得好。

讓我給你溫暖的
鼓勵吧！堅持
屬於你的夢想。

嘗過失敗滋味，才會變強。用長遠的眼光看待人生，才會明白沒失敗過，就是失敗。

貓熊母子抱抱。
這就是親密關係。

水母今天也很隨興。
雖然身形軟軟的，
一點也不強。

但它擁有溫柔的軟弱。

我可以尋找幸福嗎?
為了低著頭的你的笑容。

注★《奇比小語》裡的兔子登場時,多是關於「溫柔」「療癒」「體諒」的主題,
所以有著天使翅膀的兔子關懷地詢問對方。

我忘了！
忘了怎麼飛。

所謂的奢華,不是大啖
高級和牛牛排,而是肚子
餓扁,也要追尋夢想的
熱情。

by 凱瑟琳

妹妹頭

用來裝飾你的不是
蛋糕上的草莓，而是
日積月累的每一天。

人生就是一連串的事組合
而成的。無論是快樂的事，
還是悲傷的事，一件件，
接踵而來。

注★原文「メジロ」是一種叫綠繡眼的鳥兒。「目白押し」是接連不斷、
　　一個挨一個的意思，圖與文字取其諧音構成。

我不討厭現在的自己，
因為經歷過各種事，
才有現在的自己。

注★魚板是用魚做成的，魚板雖然模樣變了，但正因為有過往各種經驗，才能成就現在的自己，
　　所以我不討厭現在的自己。

猴子一直在看你喔！
一直注意著很努力的你。

還不睡嗎？

便當與熱情，
可以溫熱嗎？
要不要再試一次呢？

不是因為覺得溫暖，
而是因為在一起，不孤單。

要不要把惹你哭的
事情,全都打跑啊?

穿得美美的。

所謂的幸福，不是擁有很多，而是擁有無法取代的東西。

by 凱瑟琳

別做得太過頭。

就算查閱百科全書,也
查不到那女孩的心思。
必須靠自己,才能弄清
楚想知道的事。

明天也只能等待嗎？

遺失的錢包和青春，
再也找不回來。
所以要珍惜。

不往後看。

注★本圖加以下兩張圖與日光東照宮的「不看、不聽、不言」三猴有
　關。所以語尾都接了「ざる」（猴子）的諧音。

不口出惡言。

不聽嘲笑
夢想的笑聲。

現在回去的地方，
有著比海還深的
悲傷，所以，決定再
努力一次。

就算現在很難過，
也別錯過一定存在於
某個地方的好事。

將錢包和希望放進
袋子裡，帶著走吧！

就算湯撈不起來，
也不是叉子的錯，因為
有些事就是做不到，
當然也有做得到的事。

你不是不會，
而是根本就沒做，
是吧？

雖然努力不一定有
結果，但還是要努力
試試看。♪

有人奉承我，也有人理解我，總之，有木頭可攀真好。

所以，
謝嘍。

不夠強也沒關係，
反正我們就是我們。

疲累時，抬頭看看
你憧憬的事物吧。

然後，
再次懷抱夢想。

難免有使不上力的時候
啊!喵～可是阿……
千萬別認輸。

那時候的我們啊，的確
很蠻幹，一股腦兒地拚
命衝。

哭吧。偶爾下一場雨
也挺好呢！

聽聽今天也很努力的
你，想和我分享的
　　　二三事。

夢想充電中

幸福要帶著走。
隨時好好地
帶著走。

請留意身邊
有沒有仿冒品。

幸福就像糖果，
需要慢慢品嚐。

喜歡到等不及啦！

數不盡的感謝。

因為是你，所以
想把這個送給你。

坐下！

注★訓練狗狗時，會叫牠「坐下」。圖中的狗狗像人一樣好好地坐在椅子上了。

回想那時候的
夢想與泡泡吧!

與其在意別人的
眼光，不如弄清楚
自己是望向哪裡。

人生啊，與其苦惱不已，
不如設法解決，
不是更好嗎？

大人之所以是大人，
是因為體內塞滿愛
作夢的小人。

可不是空空的，什麼都沒有喔！

我是「弱」雞，
不好意思。

鮪魚塞不進魚缸。
你現在之　　所以覺得
力不從　　　心，或許
是因為　　　這緣故
　　　　　　吧。

重量不是由誰
決定。

真的擠乾淨了嗎?
要不要擠擠看,擠到
變得扁扁為止呢?

再怎麼不堪的東西，
也有化作武器的
時候。

直到現在還是覺得，
有些地方必須冒險
一試，才到得了。

不管現在的你最欠缺的
東西，還是將來的你想要的
東西，積極爭取你沒有的
東西吧。

※這篇漫畫請從右頁開始閱讀，若有不便，還請見諒。

奇比小語

因為出版時間太久，怕大家都忘了。為作者與讀者說明一下。《奇比小語》就是結合一則巧妙的短文，搭配可愛的插圖而成的作品。於二〇〇二年出版，接著推出周邊商品，雯時尉為話題，甚至要翻拍成動畫（假的），出版社確定有此計畫（真的）。作者也因此成為別家出版社競相爭取的合作對象。歷經一番周折，作者澎湃野吉的作品就這樣逐一問世啦！

是喔。原來還有這樣的過去啊～

別唱!!

你們看！當時還推出這麼可愛的公仔呢！這隻貓熊是啥？大佛貓熊嗎？啊，是許願貓熊啦！

鏘鏘 鏘鏘!!

這東西真的很受歡迎哩！啊～頭掉了!!因為已經推出多年，商品劣化，頭都掉了。

掉落！

呃……所以還請大家多多指教這本相隔多年再次推出的《奇比小語》。

最後請老師和大家分享一下您最喜歡的內容。

「好慘啊！養老鼠，咬布袋」吧…

書裡沒有這個啦!!

平成年末，《奇比小語》能讓大家開開心心，就是我莫大的幸福～喵！

45

本書的作者群 澎湃野吉 的意思就是這樣!!

SUZU
本書的編輯，被總是不準時交稿的作者，搞得心力交瘁。

澎湃野吉
本書的作者，發現自己最近越來越老眼昏花。

從這裡開始看。

什麼?!精華版!!

就是從眾多作品中，挑選最出色的作品。

範例「我可是實亞人裡頭，最了不起的卡卡羅特!」

書名就叫做《奇比小語》。

於是，催生了這本相隔許久，最新的《奇比小語》。

挑選出歷年來最受歡迎的作品。

奇比小語

就……就是《奇比小語》的百寶箱

老師?!

45

隔了七年才推出的♪《奇比小語》……

請問心情如何?

這位大叔是吃《奇比小語》不是吃的啦!!

奇……奇比小語是啥呢?、這東西是啥時吃的?

TITAN 135

奇比小語：澎湃野吉陪在你身邊（精華版）

澎湃野吉◎圖文　楊明綺◎譯

出版者：大田出版有限公司
台北市10445中山北路二段26巷2號2樓
E-mail：titan@morningstar.com.tw　http：//www.titan3.com.tw
編輯部專線：（02）25621383　傳真：（02）25818761
【如果您對本書或本出版公司有任何意見，歡迎來電】

總編輯：莊培園
副總編輯：蔡鳳儀
行銷企劃：陳映璇／黃凱玉
行政編輯：林珈羽
校對：黃薇霓／楊明綺
初刷：二〇二一年（民110）四月一日　定價：280元
印刷：上好印刷股份有限公司（04）23150280
國際書碼：978-986-179-620-8
CIP：861.67 / 109020639

※ 本書是從歷年來出版的《奇比小語》系列，
精心挑選出來的作品，加上最新繪製的作品而成。

作品刊載一覽

P-14-29《奇比小語》2002 年 12 月 25 日 GOMA BOOKS 出版
P-30-39《奇比小語 2》2003 年 3 月 25 日 GOMA BOOKS 出版
P-40-51《奇比小語 3》2003 年 10 月 10 日 GOMA BOOKS 出版
P-52-65《奇比小語 4》2004 年 5 月 1 日 GOMA BOOKS 出版
P-66-75《奇比小語 5》2004 年 10 月 10 日 GOMA BOOKS 出版
P-76-87《奇比小語 6》2005 年 12 月 10 日 GOMA BOOKS 出版
P-88-97《奇比小語 7》2006 年 12 月 25 日 GOMA BOOKS 出版
P-98-113《奇比小語 7.5》2007 年 12 月 25 日 GOMA BOOKS 出版
P-114-125《奇比小語 8》2012 年 11 月 30 日 GOMA BOOKS 出版

填回函雙重贈禮♥
①立刻送購書優惠券
②抽獎小禮物